나무가 전하는 바람의 말

나무가 전하는 바람의 말

시인수첩 시인선 **077**

정연희 시집

 여우난골

세상의 시간들에
부끄럽지 않은 춤사위
그 순간을
하나뿐인 언어로 붙잡고 싶었다

2부

3부

4부

1부

개화(開花)의 거리

나무들의 건각 중에는
대나무가 으뜸이다
한나절의 속도로 내려오는 그늘
뚝딱, 생기는 칸칸의 방들엔
텅 빈 공명이 거주한다

눅눅한 우기를 틈타
죽순은 직선의 트랙을 앞다툰다
창천, 그 푸른색을 이파리에 옮기며
마디의 허들을 뛰어넘어
바람의 분간을 달린다

죽순과 대꽃 사이
울울창창 하늘을 찌르며 달리는 속도
저 낮은 자거리는 목적지가 아니다

뱀꽃도 흙에서 핀다

마리골드와 촛불을 강에 띄워도
거품으로 얼룩진 소원들
능사의 옷을 닮은 차가운 웃음이다

비눗물 속에 잠긴 막대풍선 같은 종아리
힘껏 내리치는 빨래들의 비명은
저지대의 벽이 물러나 부서지는 소리

살아 있을 뿐 계층이 없는
가보처럼 물려받은 천직
아비는 태생 전부터
바닥에서도 더 낮게 기어야 한다고 가르쳤다
허물을 벗어도 여전히 밑바닥

바닥과 근친인 너는
빙하를 거쳐 와 냉혈이다
쉿 소리를 내며
심장을 얼어붙게 만드는 얼음나라다

감기지 않는 동그란 눈과 사라진 청각
미립자를 찾는 혀는 몸속 가장 높은 카스트
배로 밀며 가며
낮은 곳만 파고드는 유전자

세상에 모든 꽃은 흙에서 핀다

몹쓸 증후군

구름은 가라앉지 않아
구름을 타고 다니다 구름이 된 리플리

구름도 무거워지면 줄줄 새기 시작해
하늘도 구름을 버리지
구름에서의 탈출은 비로 묶이는 것뿐
뛰어내리는 것들은 축축하고 질펀하고 치명적이지

일곱 번째 주머니를 가진 사람들
살기(殺氣)로 채워진 핏빛 맨홀 속으로
순식간에 빨려 들어가고
맨홀을 방치한 도시의 불빛이 꺼져가고 있어

비 소식에 잔뜩 움츠러든 어깨들
하늘만한 우산이 없어 증상이 깊어지고 있어
가슴을 펴고 환호하는 것들은
저 나무들뿐이지

이상(理想)을 이상(異常)이라 여기는
잔해처럼 뒹구는 모난 돌덩이들
인간의 욕망(欲望)을 산 메피스토가
이제는 시간을 멈추게 할 때다

호치키스

엄마 잔소리는 호치키스 핀
가시가 가득한 입
예민하다는 것은 따갑다는 뜻이야 자매는 잔소리 사
이에서 피어난 꽃이라는 뜻이야 딱 한 번으로 입을 닫고
마는 비밀의 묶음, 가지런히 빗은 머리카락은 시선을 헤
아리기 때문이야 한 주먹 안에 잡혀도 좋다는 뜻이야

구름으로 묶였던 빗줄기가
빗질처럼 가지런히 내린다

등을 꾹꾹 눌러봐 단단한 가시가 된 작은
핀 하나, 따가운 것들은 늘 비밀로 묶이지

가지런한 것들은 질투로 흩어지고
머리를 묶은 자매들
몇 장의 바람을 찍어 놓은 듯 조용하지

민달팽이 1

내 뼈는 어디로 간 걸까요
한없이 말랑한 몸
맨몸으로 거친 바닥을 기었어요

뼈를 찾지 못해 뒤척이는 밤
누군가 달을 갉아먹고
부푼 달은 줄어들고 있어요

달에도 뼈가 없는 걸까요

곧은 길 따라 걷다
바다에 빠져 휘적거리는 달

파도는 또다시
둥근 달을 들어 올리겠지만
더듬이만 있는 나는
나를 들어 올리지 못해요

채널 유목민

빛이 두려워
까만 눈 속에 들어앉은 세상
리모컨 하나, 손바닥에서 떠도는 들판
쥐었다 펴면 그려진 손금 위에서
힘차게 날아오르던 파랑새

새들이 사라진 하늘
접힌 날개를 털자 후드득
가보지 못한 하늘이 소파에 떨어진다

설산과 바다와 바람과
저지르지도 내려놓지도 못한 것들
바쁘게 채널을 사냥하며
얼마나 많은 시공간을 헤매고 다녔던가

낡은 신발 같은 구름을 바라보며
되감기는 나의 족적이 빛을 잃는다

산다는 것은
어둠과 빛 사이를 떠도는 것

작은 빛 하나가 세상을 흔들고 있다

늪

고의였을까 실수였을까
시멘트 바닥에 찍힌 발자국 도장
누군가 공중으로 뛰어올라 사라진 흔적 같다

길이 늪이었음을 알고
모든 것을 밀어 넣었다가 *끄집어냈을*
물러선 발자국

미장공이 발라놓은 단 하루의 매끈한 관용,
실수를 받아주는 곳은 물렁하다

한 번 뛰어오른 다음
같은 모양으로 내려앉지 못하는 것은
흔적들이 어딘가로 사라지고 있는 것이다

남겨진 것은
낡은 신발만 가득한 세상,
제 것이 아닌 것 같아 늘 새롭게 찍고 싶은

엘리시움으로 떠난 발자국이다

구름 속을 밟고 싶었던
발을 두고 어디로 갔을까

판화처럼 찍힌 두 개의 늪에
어제 놓인 두 시의 하늘이 고여 있다

물속을 나는 새

출근길 아침 허들링이 시작된다
지하철 가득 펭귄들
저 비좁은 생존의 틈바구니에서
까만 등에 흰 배
유전을 체득한 연미복의 역사가 흐르고 있다
이곳은 사계절 후덥지근한 남극

발등에 떨어진 불같은 알을
포란하는 펭귄들

돌고 도는 작은 걸음이
열을 지나칠 때마다
도시 하나를 빙빙 돌리고 있다
당연한 이 폭풍이 끝나기를 기다리는
밀리고 밀리는 저 허들링
외곽을 살찌우고 아침을 저녁으로 밀고 간다

뒤뚱거리지도 못하는 이 틈은 모두

어느 시간을 향해 가는 중인가
밀고 밀려도 모두 평등한 객차
시린 발을 견디는 펭귄들의 직장은
깊은 바닷속일까
발등의 포란일까

출근길 발밑에
미끄러운 남극의 빙하가 있는
집과 직장 사이
허우적대며 물길을 튼다

가장 높은 바닥

줄줄이 허공을 꿰고 있는 저들
한때는 물 만난 물고기라 했지만
늘 발끝에서 허우적거리던 물

물의 틈을 비집고 떠오르기 위해
한없이 얇아져야 했던 몸,
모랫바닥이 되어야 하는 생이지만
여전히 바닥을 모른다

발돋움은 늘 대양을 향하고
발돋움은 늘 바닥이 필요해
납작 엎드려야 찾을 수 있는 바닥도 힘겨워 뭍으로 왔다

지독한 건기를 견디는 일
아직 지느러미도 아가미도 벌름거리는
물 밖의 시간엔 등짝도 뱃가죽도 한 꺼풀이다

처마 끝 가자미 한 묶음

빗소리에도 부풀며 이제야 바닥을 쳤다

노끈에 기대어 지금 가장 높은 바닥을 밟고 있다

나무가 전하는 바람의 말

침묵 속에는 더 많은 소리가 들어 있다

침묵을 모르는 너는
너무 많은 이름을 가졌어
생성과 소멸의 큰 눈으로 방황을 하지

어디에도 없고 어디에나 있는
푸른 춤사위를 만드는 조련사다

너의 길은 늘 특별한 순간들
직진의 습성이 휘돌아 오면
들판은 굽이치는 바다가 된다

초식의 생이란
흔들리고 휘어지고 뿌리가 뽑혀도
무수한 팔을 뻗어
부러지지 않는 세상을 기원하는 것이 전부다

고요는 고요한대로
별들은 내려와 수런수런
안으로 자란 흉터를 끌어안고
못다 쓴 일기를 쓴다

너의 길을 따라가다 울퉁불퉁해진 글씨체
옹이진 매듭을 풀어 가면
마디마다 움트는 꽃순들 웃는 소리
폭풍 소리로 쓸려간 곡절이 노래가 된다

소금쟁이

비 온 후 둥둥 떠 있는
물에 젖지 않은 글자들
까막눈 노인도 아이도 읽을 수 있는
웅덩이가 키우는 유유한 글자들이다

간혹 두 손으로 재빠르게 뜨면
어쩌다 잡히는 귀한 훈계들
정교한 다리의 각도는
지게의 짐을 버티던 다리와 다리 사이의 각도다

저 생존의 각도,
아버지의 아버지가 버텨 오던 모습
불거진 힘줄의 시간과
무거운 어깨의 힘이 새겨져 있다

떠 있는 것이 아니라
온 힘으로 버티고 있는 것이다
물을 누르고 낭랑하게 뛰는

저 찰나의 힘

자식을 떠받치는 다리의 기적
부성의 각도

속으로 피는 노을

시퍼렇게 무성한 소문
열매가 꽃도 없이 열렸다네

꽃 없는 나무는 치욕이다
종(種)들의 야유가 힘들었을
잡초도 꽃이 피고 풀씨 날리는데
꽃 피지 않는 나무라니

모든 잎이 움츠러드는 땡볕 아래
속으로만 익어가는
은밀한 사유

무화과 속 잘 익은 노을은
하루의 끝
그 끝에 숨어서 자분자분 일어나는 꽃자루
지중해 갯바람이 비틀거리면
우윳빛 울음이 칭얼거린다
"말라버려라"

신의 아들 저주에도 흘러넘치는
마디마다 다산의 흔적
노을빛 속살에
보란 듯이 익어가는 위로의 말
곱게 아물어 가는 상처처럼
작은 꽃들이 다소곳이 들어 있다

상서로운 열매가 피운 꽃

나귀는 일어서기 위해 무릎을 꿇는다

동대문 포목 상가
늘 졸음에 빠져 있는 눈두덩이 무거운 짐승
평생 새벽을 열고 원단을 지고 나르던 나귀
알루미늄 지게를 벗어 놓고
잠시 쉬고 있다

상가 사이 좁은 샛길을 오가던 작은 체구에
굳은살이 덮인 어깨끈 자국
지게는 한 번도 무릎을 꿇어본 적 없지만
무게를 어깨에 걸 때마다
무릎을 꿇고
한쪽 무릎을 펴고서야 일어난다

대로를 걷는 것보다
좁은 통로를
지그재그로 빠르게 걷는 것이 익숙한
말과 노새 사이에서 태어난 그를
누구는 기형이라 했다

무게를 받들다 굽어가는 등
구름과 꽃과 기하학적 무늬가 둘둘 말린
낙원을 지고 나르는 일
한 번 더 꿇었다 일어서면
다리보다 먼저 펴지던 수천 장 봄날

빈 지게가 더 무거운 나귀는
힘차게 일어나기 위해
또 한 번 무릎을 꿇는다

종이의 겹

모든 종이는 팽팽하게 태어난다
구김이 없는 반듯한 출생 기록
하지만 다급하면
벽이나 전봇대를 붙잡고 수직으로 일어선다
태생의 유전자는 직립이 분명하다

뻣뻣한 천성도 버리고 빗물에 젖거나
찢어져 최후가 되는
늦가을 낙엽처럼 가벼운 종이들
여백과 갈등 사이에 겉도는 감정이입
분노도 눈물도 받아주는 자비도 있지만
가차 없이 구겨지고 뭉쳐지는 일 또한 그의 몫이다

실종된 아이의 빼곡한 신상을 안고
바람에 날아가는 저 종이 한 장
발길에 밟혀도 환하게 웃는 저 얼굴
공중으로 날아올라 질주하는 차도로 뛰어든다

어디까지 날리는 것이 바람의 의중인가

보지도 않고 버려지는 도시의 전단들
전단 한 장의 배후에는
돌고 돈다는 바람의 이동설이 있다

무게가 힘이다
묶음으로 바람을 견디는 종이들의 겹

야릇한 미소

청계산 넘어 청계사에 가면
성급한 활엽수 나무 아래
조약돌 옷을 입은
거대한 황금빛 측와불이 있다

어떤 이는 눈을 감았다 하고
어떤 이는 뜨고 있다고 한다

연등을 덥고 누운 얼굴에 어린
그 야릇한 표정,

와불의 큰 표정을 읽다가
경건하다 놀라다 궁금해진 그 미소
조는 듯, 웃는 듯, 비웃는 듯
우담발라의 향기에 취한 듯
전설에 걸린 염원의 꿈을 꾸는 듯
"미묘"로 읽히는 미소

차가운 돌베개를 베고도 저리 태연할 수 있다니
가늘게 뜬 눈 속에 담긴
어지러운 것들 앞에서
백팔배 하는 아낙의 소원이
무수한 금빛 조약돌 속에 박히고
가지를 훑고 내려온 햇살에
모듬한 발가락이 간지러운 미소일까

일찍 비움을 알고 떨어진 나뭇잎이 한가롭다

헛도는 속도

땅이 발목을 잡는다
물고 늘어진 얼음 구덩이와
빠져나가려는 바퀴 하나 헛돌고 있다

엔진은 헛바퀴를 굴릴 때 가장 달아오른다
제자리에서
뒷걸음질 치지 않겠다며
바퀴는 허방 속을 파고든다

맹렬하고 거칠게 파헤쳐지는 한겨울 오후
뒤쪽으로만 튀는 오점들이
흰 눈 위에 거뭇하게 묻어난다

가장 미끄러운 곳을 지나가려 했다니
무늬를 잃어버린 타이어가
더 이상 달릴 수 없다는 듯
땅을 파고들고 있다

저 헛바퀴로 달린 거리는 얼마나 될까
가끔 제자리에서도 맹렬하게
움푹한 시간을 달려왔다

달리던 아침이 허방 속으로 들어차고
웅덩이에 눈이 내린다

태양도 달과 맞물려 돌아가는데
비빌 곳 없는 것들은 헛도는 일이 잦아
움푹 팬 내력뿐이다

질퍽해진 검은 오점이
누군가를 향해 맹렬하게 튀어 나간다

두벌식 도서관

책을 북북 찢었다
아니 찢고 싶었다
어쩌면 꾹꾹 눌러 머릿속이나
책 속의 글자들이
빠져나오지 못하게 하고 싶은지도 모르겠다
열 개의 손가락이 찍어내는 페이지마다
1cm의 누름쇠 끝에는
솟아올랐다는 이야기보다
손가락이 먼저 읽는 선행의 독서가 있다

엉킨 회로들로 깜박거리는
글자들이 달라붙는다
깔끔한 반발력
날랜 손놀림을 놓침 없이 받아내는 자판에
하룻밤을 꼬박 맡기고도
하는 일이란 늘 차례를 기다리는 것이다

수만 권 장서가 꽂혀 있는 도서관

작은따옴표로 구분되는 나를 짓는 일
자판의 부호들은 파피루스로부터
퀴퀴한 종이 냄새나는 조상의 조상을 불러내고
변환키를 거치면
메소포타미아 농지 정리부터
별들의 운항 순서나 빛의 거리로 도달할 수 있는 그곳을
몇 번의 엔터로 간다
전원만 빼면 멸망하고 마는 도서관
손가락들의 사서
두 손의 손가락들 사이엔
문명의 도서관이 있다

줄을 바꾸다

무심코 걷던 평평한 땅에
줄 하나 그어 놓고 걸으면
왜 중심은 비틀거리는 것일까
긴 빨랫줄 위에서 힘없이
펄럭거리던 옷가지를 걸쳤기 때문일까

평생 줄을 타던 어름사니
허공에서 일가를 먹여 살린
그 줄에서 내려오니
땅은 자꾸 비틀거리기만 한다

오늘같이 눈 내리고
몇 잔 술 걸친 날이면 땅 멀미가 일어
비틀거리는 걸음을 달고 온다

허공을 밟고 건너고 건너올 때마다
중심을 흐르던 용천혈
익숙할 때도 되었건만

발길 닿는 곳마다 출렁이는 외줄이다

낭창낭창 줄의 리듬을 타던 그가
가장 낮은 줄에서 비틀거린다
누가 물으면 그저 아슬아슬한 생계였노라고
껄껄 웃곤 하더니

줄 위에서 한 번도 다친 적 없던 그가
툭하면 넘어지고 온몸에 멍이 든다
이제 나잇줄로 바꿔 탄 까닭일까

타원의 고리

눈이 문이다
바라보는 방향이 모두 문이던
고딕 장식의 탁상 거울
타원의 회전문에서 깨진 초침 소리만 날카롭다

찡그린 얼굴 하나 펴려고
직립으로 서 있던 오래된 문양
선명했던 시간엔
미소와 화려한 장식이 붙어 있었다

누가 공중에 매달린 죽음을 땅에 내려놓았을까
남겨진 타원은 올가미가 되고 장식은 오래된 폐허 같다

더 예쁜 것들을 교수(絞首)하고 싶었던
절대미를 탐하던 어느 왕비의 전유물일까
바람 소리 흉흉한 빗금 친 배후는 말이 없다
목에서만 걸리는 고딕의 흔적
가끔 그 장식을 볼 때가 있다

산다는 것은 날마다
온전한 거울 속에 얼굴을 들이밀고 싶은 것이다

균형이 균열로 깨지는 순간
쏟아져 내려 수백 개로 늘어나는 문
타원을 벗어나 수시로 방향을 열고 닫는다

격양된 풍경을 단단하게 비추는 파편은
결코 먼저 웃지 않는다

2부

지인 같기도 한

경계 태세지만
챙챙 병장기 부딪는 소리 들리지 않는다
갑옷은 없고 투구만 아름다운
투구꽃 저 아래쪽엔
까마귀가 살고 있다
남도의 어느 탱자 울타리 안
정쟁에서 진 죄인
유배살이 지긋해질 때
참 멀리도 찾아와 준 지인 같기도 하고
숙적 같기도 한
까마귀 울음 한 사발
온갖 미사여구가 넘치던 입속으로
어지러운 세상을 넘기는 것이다
죄 속으로 날아 들어간 새는
흉흉한 일대기에 푸덕거리고
아름다운 투구 같지만
온갖 전쟁을 뿌리에 두고
오늘도 수풀 사이와 길섶을 가꾸고 있다

잠자는 직업

우루무치 유리관 속에
3800년 잠자는 사람들이 있다
모래 폭풍에 휘말려
한 자세로 굳어버린 수형수들
웅크리고 잠들어 있다

타클라마칸의 전설을 베고 누운
누란의 미녀들
눈꺼풀 닫지 못한 얕은 잠
어디로 가는 길에
모래 폭풍 속에 묻히게 되었을까
대답 없이 박물관 어둠 속에 누워 있다

겨울잠을 자는 곰이 잡식의 입을 닫고
제 몸을 헐어내며 견디듯
불현듯 감은 눈, 감감무소식이고
시간이 파먹은 앙상한 몸들
직업이 된 잠은 필생의 전시물이 되었다

전하고 싶은 어떤 말이
구릉을 빙빙 돌며
아직도 사막을 헤매고 있는 것일까
날개가 돋지 못하는 잠,
벌떡 일어나 말을 걸어 올 것만 같은
우화부전(羽化不全)의 잠들
웅성거리는 사막의 소리에 귀가 걸려 있다

집새

날개 없는 새
날개가 달려도 날지 못하는 새
날 수 있어도 날지 않는 새
하늘을 버린 새들이 있다

앞마당을 가로질러 거꾸로 매달린 새들
그 새의 날개 치는 거리는 바람이 정한다
좌우 짧은 거리와
길게는 바지랑대까지가 종착점이다

그 순한 새도 단단한 부리로
물고 있는 것을 결코 놓치는 일이 없다
집새에 깨물린다는 것은
더 이상의 추락이 없다는 것이다

바람이 거대한 춤사위를 불러 와
팔다리가 흔들리고 돌아도
그 새는 노래하지 않는다

함부로 부리를 열지 않는다

온기 떠난 목덜미를 물고, 날개를 접고
한기를 느끼는 밤
눈동자에 달빛이 흐르고
부리는 허공을 물고 결코 놓지 않았다

달을 부는 사람들

호흡의 길이를 자꾸 늘여갔다

작은 달 하나 키우려고
불어넣는 숨은 점점 더 두꺼워지고
두꺼웠던 것들이 얇아지는 동안
달은 점점 차올랐다

입으로 둥근달을 만드는 사람들
날개 없이 날기 위해 적당한
그 어디쯤에서 숨을 끊어야겠지만,
저마다 끝 모를 숨결로 키워가는 달
하현에서 상현으로 가는 동안
날카로운 귀퉁이가 생겼다

뼈와 뼈 사이
틈을 내고 횡격막을 부풀리며
좁은 출구에 푸푸 숨을 밀어 넣을 때마다
달의 안색은 옅어지고 욕심은 짙어졌다

조금 더,
조금만 더
얼굴을 달구며 밀어 올린 달

한 방울 남은 숨이 빈 곳을 찌르고,
풍선이 얼굴을 가릴 때
펑,
비명을 지르며 만월이 사라졌다

찢어진 달은 쭈글쭈글한 눈썹만 남겼다

선돌의 부화

아무렇게나 발길에 걷어차여도
다 제자리가 있다

손을 떠난 돌멩이가
새들의 꽁무니를 쫓아갔다면
그 풍경은 언제쯤 비경으로 다시
돌 속으로 날아 들어갈까

때로 돌은
세상의 추가 되기 위해 날개를 달고
정적에 항거하거나 성서 속으로 들어가
죄 없는 여인 앞에서 머뭇거리다가
상인의 양심 속으로
슬쩍 떨어지기도 한다

구르려는 습성을 아직 버리지 못한 돌
얇고 납작한 돌은
푸른 날갯죽지 꿈틀거리며

팔짝팔짝 물수제비로 강을 건너간다

떠날 때를 계수하다
적당한 온도로 숨 쉬는 시간
금방이라도 날갯짓하며 빠져나올 것 같은
세월 한 움큼이
돌 속에 웅크려 앉아 부화를 기다린다

잔등노을

소 잔등에 부르르
바람이 올라타고 있다
곱슬거리는 바람을 쫓는 꼬리는
등뼈를 타고 나간 장식
억센 풀은 뿔이 되고
오래 되새김한 무료는 꼬리 끝에서 춤춘다

스프링을 닮은 잔등 속 간지러움은
온갖 풀 끝을 탐식한 벌
한 마리 꽃의 몸속에 피는 봄
연한 풀잎이 키운 한 마리 소는
쌓아 놓은 풀 더미 같고
잔등은 가혹한 수레의 우두머리 같다

논두렁 길 따라 비스듬히 누운
온돌방 같은 소 한 마리
눈 안에 풀밭과
코뚜레 꿴 굴레의 말[言]을 숨기고

쫓아도 달라붙는 등에를 외면하는
저 순응의 천성
가지런한 빗줄기가 껌벅 껌벅거린다

융단처럼 펼쳐놓은
노을빛 잔등이 봄빛으로 밝다
주인 닮은 뿔처럼 몸 기우는 날은
금방 쏟아질 것 같은 잔등의 딱지가
철썩철썩 박자를 맞추고
저 불그스름한 노을은
유순한 소의 엉덩짝을 산처럼 넘는다

파이프오르간

나를 살짝살짝 눌러보네요
지나가는 바람을 붙잡으세요
얇은 리드로 바람을 잡을 수 있게
바람의 길은 예민하게 떨리고
정렬이 필요해요
나는 순서대로 배열되지 않은 음계를 가졌거든요
당신이 화음을 만들지 못하는 것은
평범한 건반만 연주했기 때문이죠

건반 밖에서는
나를 연주하지 말아요
당신은 언제나 내 밖에서 나를 찾아요
내 비밀은 내 가까이 있고
빛나는 햇살이 여기저기 어둠을 뚫었을 뿐이죠
구름이 밀려가고
대지를 흔들며 엉키고 있어요

우리 함께해요

음계의 비밀이 섞일 때
가장 빛나는 목소리를 들을 수 있을 테죠
그러니까 나는 장기인 셈이죠
팔과 다리와 귀가 들어 있는 파이프
이곳은 경건하지만
바람 상자에 바람을 가득 넣어 주세요
수많은 타인과 협주해야 해요

식물의 뿌리

뽑히지 않는 질기디질긴 뿌리,
그의 생은 9할이 동물성 식물,
아니, 동물성이지만 사람들은 식물성이라 불렀다

전생의 기억을 더듬다가,
물관을 찾다가 시들어 버린
껍데기를 타고 오르는
가는 숨줄

푸른 이파리도 떠나고
가지들도 하나둘 곁을 비우고
잎맥의 밑그림이 점점 흐려져도
이제 아무도 눈물을 보여주지 않았다

어느 윤회의 마당을 지나온 것일까
마르지 않는 뿌리를 지켜보는 눈과
물관 하나가 그를 보내지 못하고 있다

밤마다 쌓인 달빛 기도에 흔들리는 뿌리
꽃 한번 피워보지 못한 저 식물은
지금 어느 계절에 와 있는 것일까

울음을 지우는 약손

알곡이 빠져버린 *까끄라기*
까끌까끌 씹힌다며 식음을 폐한 몸은
한술 밥도 들어 있지 않은
앙상한 쭉정이였다

배앓이하던 밤을 가라앉히는
투박한 손은
효능 좋은 복통약
울음을 지우는 약손이었다

움푹 파인 눈자위가 말을 건넨다
때 놓치지 말고
망종에는 보리를 베어내야 한다고

언제 어떻게 들어갔는지
바짓단 속에서 쿡쿡 찔러대는 숨은 *까끄라기*처럼
두 눈이 뻐근해진다

보리가 누렇게 익어가는 들판에서 듣는다

"내 손이 약손이다"
자장가처럼 들려주던 거친 손 하나
아직도 가슴속에 아프게 박혀 있다

바람은 새의 행로를 묻지 않는다

누가 깃털을 가볍다고 했는가

허공을 나는 것보다 날개가 더 무거운 앨버트로스
그토록 갖고 싶던 깃털이지만
세상에서 가장 큰 날개는 짐이 되어
뒤뚱뒤뚱 걷다가
상승기류를 찾아
아슬한 벼랑 끝을 차고 오르면
바람은 달려와 등을 내민다

그때야 펼쳐지는 긴 날개
활공만으로 수십 킬로미터를 날아간다
바람의 등을 타고 긴 시간 날다 보면 먼 이국
공중에서 자유를 포식한다

얼마를 더 날 수 있을까
허기가 발목을 잡는다
하늘을 밟고 싶던 붉은 눈동자

날개를 접고 싶었던 시간
목적지 없는 자유를 포식한 새는 늘 배가 고프다
바람은 가던 길을 가고

멀리뛰기

어깨는 성격이다
어떤 어깨에는 으쓱거리는 말들이 빳빳하게 들어 있다
그 어깨 속에는 누군가 장대 높이를 뛰듯
훌쩍 뛰어넘은 자식들이 있다
아비의 어깨를 짚고
비스듬히 기댈 수 있는 구조다

어깨에 힘껏 다가가는 일은 멀리 뛰는 것
느슨한 팔을 저 앞쪽으로 먼저 보내
갈 곳을 타진하고
그 팔을 힘껏
잡아들이면서 몸을 보내는 일

늦가을은
온통 후줄근한 옷들로 갈아입는 풀들의 계절
어깨를 으쓱거리는 풀들보다
납작하게 깔린 어깨 없는 풀들이
좀 더 겨울 쪽으로 쉽게 휜다

풀기 빠진 풀에 맞는 옷이 사라지면
뿌리 쪽으로 몸을 피한다

어깨가 무너지면
끌날 같던 권위의 말들이 한없이 무뎌진다
단 한 번의 뜀으로
수렁을 벗어나려 했는가
어깨는 온몸을 걸고
때론 으쓱으쓱 흔들린다

젖말의 폐곡선

당신은 닫히고
찡그릴 때마다 햇살의 선들이 엉킨다
생각의 속도를 건너뛰던 말과
몇 대를 지나온 이름이 섞인다
입에 붙어 있던 철자법이 둥둥 떠다닌다

살을 찢고 나온 새로운 세포가 분화되는 동안
마른 식빵 같은 허물은 조금씩 부서져 간다

본능적 후생의 대물림
표정을 뒤집어쓰고 표정을 벗는다
속엣것들이 빠져나간 빈 지각의 테두리
거칠어진 청각과 시각마저 비워버렸다
부석거리는 뼛속을 떠돌다 나온 옹알이는
비릿한 젖말이다

난청은 귀를 거세게 두드린다
너무 멀리 날아간 소리는 다스릴 수 없다

거대한 기억 창고가 잠식되고
0과 1, 전자 개폐회로의 0으로 단순 처리된
묵언 속에 잠겨 있다
애면글면 주위를 더듬는 허물만 남은 손,
서 있는 손자를 더듬는다

미달한 미만의 생,
찌르르 도는 젖말을 하는 늙은 아이
폐곡선으로 돌아왔다
수전증이 피의 끌림으로 이내 촉촉하다

이 대 팔

달의 각도가 오늘은 이 대 팔이다
서늘하고 날카로운 등분
흐린 날 구름이라도 좋을
검은 머리카락을 가지런히 넘겼으면 좋겠다

둥근달에 발모제를 바르고 싶은
어느 날부터 구겨진 세면대의 물
손으로 건져지던
물의 검은 머리카락들 사이에
두 눈이 빠져 있다

세숫대야에 둥둥 뜨던 구름의 모발
달에 사다리를 걸고 사라진 것들을 묻는다

놓고 간 것이 이분 사라진 것이 팔분
빈자리가 허허로운 저녁
긴 머리채를 늘어뜨린 바람이
가지 끝에 걸려 있다

눈먼 새가 되어 날아가 버린
어둠의 자국들이 반짝인다
베고 베도 자라나던 싹들
무성해지는 봄날을 위해 겨울밤
팔분을 잘라버린 플라타너스가 떨고 있다
나머지 초승달 아래 어둠이 지나간다

니르바나의 표정

뜨고도 보지 못하는 눈이 있다
초점 잃은 덕장의 눈들
아직도 심해를 꿈처럼 휘젓고 다니는 것일까
싱싱한 바다는 사라지고 없다

속을 비우고
떼 지어 다니던 불꽃 같은 날들을 버리고
육지로 들어와 피를 말리는 중이다

죽었던 것들이 또 한 번의 죽음을 기다리는 동안
서로가 서로에게 기대고
더 독해져야 한다고
눈 하나 깜박이지 않는다

칼바람에 담금질 당하는 동안 어느새 두려움마저도
지워진 것이다

푸른빛 내주고 얻어낸 수많은 이름

가물가물 세고 있다

질긴 비닐 끈에 코를 끼우고
덕대에 오른 더 단단해진 몸들
하나 남은 물기 빠진 새 이름으로

각진 세상을 동그랗게 바라보고 있다

심폐소생술

생사의 간격이 급하다
살려도 살려도 살아나지 않는 브레이든
그는 심장만 있는 사람
아니, 심장만 잠깐 죽어 있는 사람
생사의 경계에 누워
길러내지 못한 호흡으로 숨차다

때가 타고 지저분한 몰골이지만
심장에 박동을 넣을 때마다
파동 한 송이 피었다 지는
세상에서 가장 다급해지는 가슴팍이다

두 눈 부릅뜬 들뜬 보리밭
부풀어 오르는 뿌리를 밟아야 하는
늦가을부터 겨울의 심폐소생술
씨앗마다 눈에서 반짝, 싹이 돋는 발자국 소생술처럼

두 눈 부릅뜬 어느 순간

두 손을 포개 가슴을 밟듯 짓눌러야 한다
숨도 표정도 없이
뛰지 않는 심장으로 건디는 다급한 시간

적당히 말랑거리는 몸뚱이로
없는 심장을 향해 절박한 숨을 몰아넣어도
비어 있는 심장에 헛바람만 든다
살아있다고 가정을 해도
아무도 살아있다고 하지 않는

3부

모욕적인 문에 대하여

누군가 옆집 문을 두드린다
쾅쾅, 처음엔 주먹으로 잽을 날리듯,
이윽고 마우스피스 같은 이름이 튀어나오고
그 이름들끼리 서로
독을 주고받는다

문은 얼마나 모욕스러울까
발길질에 차이고 짜증의 힘으로
쾅쾅 닫히고 늦게 열린다고
핀잔을 듣는 문은
한 집에서 가장 낮은 카스트

마침내 흐느껴도
끝내 열리지 않는 옆집의 문
문이 벽이다

모욕당한 문에 오늘도 열쇠를 꽂는다

평화의 배후

못 하나에 걸린 중심
못이 헐렁해지면 액자가 기운다

평형을 잃은 것들
꽃과 나무 구름이 액자 밖으로 흘러내릴 것 같다
못을 찾아들고 토르*가 되어 묠니르를 휘두른다
콘크리트 벽에 불꽃이 일고
밀어내는 벽의 한곳, 틈을 빼앗는다

집의 테두리인 벽은 은밀함을 키운다
벽의 안쪽, 그곳에
못 하나에도 고정될 수 있는 가족이 있다

벽이 수용하는 것들과
작은 못 하나가 지탱하는 것들
가족, 못 하나에 걸려서도 모두 웃고 있다

망치는 이 세상의 역사를 건축했다

다섯 번째의 날, 토르의 날
목성과 목요일
세상에 걸어두어야 하는 것들을 위해
가장 밝은 빛을 내는 것이다

망치의 몫이란 불꽃이 필 때마다
벽 속에 땅땅 소리를 집어넣고
벽을 살아 있게 하는 것이다

* 토르는 '묠니르'라는 망치를 무기로 사용하는 신이다.

세 박자 걸음

끝에서 부는 바람은 심상치 않다
움직이는 지주목 텅 빈
바지 자락이 일으키는 바람이 거세다
지상으로부터 한 뼘 떠 있는 걸음
그 끝에서 물결치는 바람을 본 적이 있는가
펄럭거리며 바람이 닳아가는 것을

바람이 꺾어간 지체
끝은 어디를 잘라도 여전히 끝이다

모든 끝은 동여매어 있지만
동여맨다 한들 집요하게 푸는 바람도 있다
끝에서 부는 바람은 더 시리고
빈 곳일수록 더 펄럭거린다

바람이 온몸을 끌고 가는 중이다
흔들흔들 온몸을 흘리며 따라가는 중이다

끝은 끝이 없다

모두가 반 박자로 걷는 귀갓길에 섞인
한 박자씩 펄럭이는 세 박자 걸음
각자의 꼭짓점을 찍고
꼿꼿하게 세 박자로 걷고 있다

삶이란 이런 것이라고
가진 것 하나하나 잘라내고도
뒤죽박죽 박자 맞추어 걷는 것이라고
사내의 어깻죽지에 날개가 돋는다

햇살 양자

할머니 돌아가시고 일 년
포대기에서 막 풀려나온 아기의
체온 같은 햇살
참 따뜻합니다

알고 보면
온 들판을 데우고 있는 햇살은
사실 우리 할머니가 업어 키운 것들입니다

한여름 뙤약볕을 등에 업고
줄줄 흐르는 땀방울을 달래가며
긴 밭고랑 김매던 날을
낡은 호미가 잘 알고 있지요
햇살을 물고 있는 애벌레를 잡으며
밤이면 가슴과 다리 사이에
동그랗게 안고 잠재웠지요
평생을 업어 키운 햇살
그 무게로 할머니 허리 굽어진 것을

똑똑히 보았다니까요
햇살은 모두 울 할머니 양자랍니다

할머니 돌아가시고 일 년
할머니 걸터앉던 마루 끝에
떠억 들어와 앉은 햇살
두리번거리며 할머니를 찾고 있네요

뒷맛

마지막 남은 한 뙈기밭에서 캐온
씀바귀 한 봉지 다듬다가
한숨 속에 터져 나오는 말
'참 지랄같이 엉켜 있지'
그래도 입맛 돋우는 데는 이만한 것 없다는 말이
엉켜 있어서 여태 남아있지, 라는 말로 들린다

쓴맛이란 서로 얽혀 욕심의 줄기를 키우다가
쓴맛을 찾는 손에
결국 뽑히게 되는 거지

쓴맛들
한철 방싯거리는 해맑은 꽃잎으로
살랑거리기도 했는데 철없는 자잘한 뿌리도
잘릴 때마다 찡그린 비명으로 흘러나온다

찡그린 것들이 흰빛이라니!

지독하고 고집스러운 맛도
살짝 데치고 우려내어
다시 쓴 물을 빼고 나면
비로소 두 손안에서 둥글어지는 순한 맛이다

뿔뿔이 흩어진 자식들 따라 쓴 밭이 됐다는
어느 노부의 이야기가
지난 신문 속에 웅크리고 앉아 있다

어릴 때는 먹지 못하던 씁쓰레한 맛
지독하고 고집스러운 맛이
바짝 당기는 입맛이라는 것

저물녘에나 깨닫게 되는 세상의 뒷맛이지

밤새 불꽃이 내리고

색이 사라져 버린 도시에
한 여자가 망연자실 서 있다

폭우처럼 쏟아져 내린 섬광 끝에
서릿발 같은 명령으로 사라지는 젊은 영혼들
피에 굶주린 짐승은 아레스*가 되어
블랙홀 같은 뱃속에 제물을 쌓고 있다

깃발이 쓰러지면 끝이 나는 비정한 땅따먹기
낯선 땅끝
그들이 알지 못하는 나는 가슴을 쓸어내린다

날지도 착지도 못 한 채 흔들리는
먼 곳 너의 이야기는 온통 잿더미

살아있는 자의 안식은 죄가 되고
사랑을 외치는 종교의 모순이 죄인을 만든다

낯선 별들에서 울리는 간절한 기도 소리
"두려움 없이 땅을 밟아 볼 수 있게 해 주소서"

언제쯤, 보석 같은 지구의 하늘에
자유롭게 새들이 날고
지평선 끝까지 펼쳐진
해바라기 밭을 걸어볼 수 있을까

다섯 살, 어린 너의 질문에 나는 입을 다문다
"왜 큰 땅을 가지고도 더 가지려고 싸워요?"

---

*   그리스 신화에 나오는 유혈의 욕망을 상징하는 전쟁의 신.

발화의 내력

저 불씨, 어디서 날아온 것인지
앞산이 활활 타오르고 있다
바람이 쏟아낸 울음으로 쑥쑥 자라는 불꽃들
아직도 날름날름 붉은 혓바닥으로
서릿발 허연 산기슭을 핥고 있다

불의 낱장이 하늘하늘
빛바랜 치맛자락을 날리며 마을로 내려온다
발화점을 낮춘
늦추위를 견디며 떠는 불꽃들
가위눌린 무게를 울컥울컥 붉은 화기로 뿜어댄다

먼 옛날부터 한 번도 꺼진 적 없이
다시 발화하는 저 불씨
불을 꺾어 들고 걷던 등 굽은 조상이
파르르 떨리는 불의 꼬리를 잡고 휘어진 등을 펴고 있다

맹렬히 타오를수록 더 추운 봄

꽃잎으로 불을 지피고 있다
태양의 껍질을 밀어 올린 흙의 오체투지는
차가운 가지를 데우고

햇살 한 개비 그어대 치솟는 불길
벌겋게 달아오른 열기에 구석구석 돋아나는 꽃잎들
봄꽃 따 먹다
혓바닥 데었던 기억이 뜨겁다

벌레의 의태법

초록 이파리를 걷는다
배가 부르면 딱 거기까지인
이름이 되는 벌레의 보폭

이파리와 이파리를 건너
햇살과 바람을 건너 공중을 번식시킨다

한 뼘 한 뼘 자로 재며 걸어온 길
이파리마다 지도가 생긴다

쓸쓸한 날들의 몇 갈래 길
한 날개를 키우고 날려 보낸
보시(普施)의 흔적들이다

햇살 통통한 여름
푸른똥을 싸던 벌레들은
나뭇잎을 딛고 날아오르는 성인식을 치른다

의태법을 익힌 벌레들
나뭇가지에 모여
가늘고 긴 휘파람 분다

페미니스트 칸나

군홧발이 자박자박 땅을 치는 꽃밭
"행복한 종말"
넓은 꽃잎 어디에 꽃말의 비밀이 있는지
흐릿한 날씨에도
숨 막히게 웃고 있다

발목을 끌어안던 바람
부풀어 올라가던 구름도 멈칫하는 날
사열하는 군인들의 힘찬 발소리에 맞추어
발갛게 열어젖힌 꽃송이
훈장처럼 대궁에 앉아 있다

꽃잎 사이사이
큰 키에 튼실한 자식들
제 할 일 다 했다고
부끄럼도 없이 드러낸 속내
저 붉은 꽃잎에
수작을 걸던 사내들 움칠움칠 지나간다

빗줄기 쿡쿡 파고드는 날에도
장정들과 나란히 전쟁터를 누비던 저 여군
하늘을 향해 붉게 솟아오르는
당당하게 도드라진 꽃

종말도 도도한 칸나의 페미니즘에
가을 꽃밭이 무성하다

레티지아

통통한 입술을 떼어 화분에 심는다
모래 폭풍을 견딘 기억도 함께 심는다
물을 찾아 지구의를 돌리다 발이 멈춘 곳
붉은 입술꽃 피우기 위해 몸살을 앓는 시간
사막여우의 가늘고 긴 울음으로 건기를 견딘다
모래 냄새가 몰고 온
바람이 깎아 놓은 능선이 능선을 물고 풍경을 만든다
두 눈에서 사막이 출렁인다
월야천을 찾다가
모래 폭풍 같은 세상에 떨어진 스무 살 호야,
하늘과 땅만 보이는 마을에서 그녀는 또 다른 사막을
만들고
이제 푸른 사막이 그녀의 집이다
잔모래에 눈을 뜰 수 없을 때도, 혹은 바람이 모래를
만드는 동안에도
그녀가 찾던 곳은 오아시스
먼 곳에서 밀려온 구름이 발자국을 찍고 달아나면
제 그림자를 쫓아가던 그녀의 가슴에서 모래가 씹혔다

그때마다 무른 속살은 더 억센 뿌리를 내리고
사막 향기를 불러와 꽃대를 밀어 올렸다
붉은 립스틱에 복화술 같은 언어가
터질 듯 옹기종기 늘어나는 다육이 레티지아,
호야는 이제 두 돌배기 아이처럼 한국말을 한다

사주

술병에 뱀 한 마리
주둥이를 쳐들고 잠 속에서 독으로 꿈을 꾼다

독이 가득한 잠에는
단단한 코르크 마개와 액체 사이
제 부피를 느끼지 못한 무게가 있다

한 모금 숨을 머금고 서 있는 길어진 목
독니를 수없이 박아 넣었을 또 다른 주둥이
살기 위해 쏟아낸 독니가
누군가의 한 생이 되기도 한다는데

아마도 저 술의 맛은 꿈틀거리는 맛일 테지
巳酒와 四柱
오래된 사주(巳酒) 마시며
지병의 사주(四柱) 하나 풀어 나가고 있다

찬피에 대해서 알고 싶지 않다는 듯

마개는 여전히 완고하다

겨울잠에 든 뱀의 눈이 사뭇 가늘다
알코올에 잠겨
몸보다 찬 겨울잠을 자는 중이다

봄바람에 따끈한 국화꽃

리어카 위 바람막이 비닐에도
봄바람이 든다
철컥, 쇠막대기가 꽃을 뒤집으며
겨울 국화꽃은 무한궤도의 틀을 돌았다
아직은 쌀쌀한 봄바람에
국화꽃은 따끈하다

담을 끼고
꽃 굽는 여자는 까무룩 꿈을 꾼다
수없이 바닥을 뒤집어도
노릇하게 구워지는 꽃은 제철이 있어
바람이 풀리면 꽃이 진다

가스 불에 구워지는
노릇한 길몽과 새까만 흉몽
끊임없이 궤도를 돌며 국화꽃을 피워도
꽃은 시들기 마련

발소리를 듣고 피어나는 꽃
밤이 깊어 꽃판을 접어야 할 시간

아우성치며 떨어져 내린 봄꽃들
다 식은 국화가 오늘의 저녁밥이다

제비꽃

지난가을 화톳불 놓았던 자리에
올봄 제비꽃 여러 포기 피었다
몸을 낮추어야 보이는 꽃
무릎을 접고 비상하기 전
낮은 자세로 돋움 하는 접힌 날개를 본다

꽃싸움에 걸었던 목을 빼고
낯설고 견고한 수행을 치른 빛
아직 서리도 가시지 않은 봄 들길에 발을 붙잡는다

뜨거웠던 자리에서
따뜻한 꽃이 피었다

아직도 시커먼 자리에 눈길 멈추게 하는 꽃
어느 절의 공터에서 본
그 자리 같은 그곳에 파르르
다비식 불꽃 다시 살아나고
몇 알의 보라색 사리들

불시착한 파란 씨앗 여러 개
식어버린 운석 몇 개
깨달음으로 빚어진 결정체
무엇으로도 깨지지 않는
자신을 내보이는 사리꽃

부스럭거리는 검불 속 수행이
작은 합장을 하고 있다

벚꽃 지퍼

잠겨 있는 것은 주인이 있다
먼 길을 한 바퀴 돌아온 주인이
벚나무 아래를 서성거리며 지퍼를 열고 있다

단단히 맞물린 계절을 가르면
분홍 속살이 보이는 나무들
여밈을 풀고 일제히 피워낸 풍경이다

한 계절을 날리고 닫힌 봄이 환하게 열린다

깍지 낀 요철 사이
분분한 발작이 몽글몽글 벌어지고
설렘을 핸들에 올리고 달리면
정체된 시간이 폭발하는 소리

이처럼 짧은 절정이 있을까
잠깐 졸았을 뿐인데
비바람이 훑고 지나간 자리마다

서둘러 지퍼가 닫히고
풍경의 옆구리가 찢어진다

추락할 꽃들의 행보
돌아보면 향기의 뒤태는 가뭇없다

소실점에 묶여 있는 길,
깍지를 풀고 하늘을 가득 담았다
떨어진 꽃잎에 수작을 거는 바람이
벚나무를 흔들고 있다

보드라운 한동안을 품는

발 없는 소문은 아파트 지하실에 있었다
젤리곰*을 신고 다니던 귀가
작은 인기척에 화들짝 놀라 내다본다
번뜩이는 두 개의 틈
오물거리는 새끼 고양이들,

어둑한 이명의 시간
철근 골조 사이 그 틈은
꼼지락대는 보드라운 한동안을 품기 위해
모성은 밤마다 갓난아기 울음소리를 낸다

비린내 나는 입맞춤으로 자라나는 어린것들

버림받는다는 것은 돌아갈 곳 없는 자유다
헤실헤실 풀어지는 목줄
맴돌던 햇살이 목덜미를 끌어안는다

경계와 아양으로 살아온 생존의 법칙,

야생의 야생을 피해
높은 담장도, 깊은 쓰레기통도 두렵지 않던
삶의 길이만큼 힘 있는 신축(伸縮)과
유기묘(遺棄猫)가 되지 않기 위한 유기(有機)적 본능의
조용한 발바닥

쭈뼛하며 갸르릉거리는 틈 속에서
발톱은 더 날카로워지고
신경질적인 수염이 돋겠지만

동그맣게 말아 앉는 곡선의 습관은
어느 왕좌의 후손인 듯하다

*   고양이 발바닥에 있는 말랑한 살. 육구를 말함.

4부

민달팽이 2

하와를 꼬인 뱀은 평생
거친 바닥을 맨살로 기어다니는 천형을 받는다지요

이슬에 몸을 씻어도 끈적거리는
그의 죄는 무엇일까요

흔적 없는 그의 길에
부드럽게 똬리를 튼 그는
온몸이 공포랍니다

핏줄 가릴 둥근 뼈 하나쯤 갖는 것은 반항이 아닐 테죠

발소리마다 소스라치며 모든 길이 벼랑입니다

바닥을 벗어나려면
벼랑에서 날아야 할까요
그러면 시원스레 죄가 씻겨질까요

꽃 피는 톱날

시월, 톱날에서 꽃이 피었다
계절의 손등을 꽉 물고 있는 파란 톱날 속 어리둥절한
한 포기 난색

파란 톱날이 바람을 쓱싹쓱싹
켤 때마다 하얀 꽃씨들이 날리고
비집고 앉을 곳 하나씩 만들어진다

봄을 켜고 여름을 썰었지만
아직 완성하지 못한 의자
포슬눈 같은 톱밥들 아래 키 작은 꽃을 위해
엄동에도 지구 중심을 향해 뿌리를 뻗는다

꽃씨들 날고
파랗게 날 선 톱날 무뎌질 날 오겠지만
햇살 닿는 곳마다
들리는 톱질 소리

수돗가 틈에 소복한 톱날들
돋보기안경을 쓰고
톱을 가는 아버지의 등에서
무럭무럭 자라던 아지랑이

빌려 온 4월 같은,
톱날에 물려 있는 포근한 시월 한낮이
비스듬히 기울고 있다

은빛 착지로 만든 성

긴 축대를 쌓고
둥근 종탑을 올리고 그 위에
노란 성 한 채 지었다

바람이 묻은 날개
날개의 씨앗이 세울 고성의 흥망성쇠는
가벼운 은빛 착지다

천공(天空)을 날기 위해
수많은 천공(穿孔)으로 가벼워진 몸이
날기 위한 계절의 역사란
꽃 한번 피고 진 시간이다

긴 대궁 위에
후 불면 날아가는 망조가 붙어 있는 시간
다 삭은 종탑이며 망루가
입김의 폐허로 남았다

날아다녀야 세울 수 있는 성
뿌리를 뻗어 지구의 중심을 건드린 죄
구름에 뿌리 내리지 못한 죄다

성을 세우는 일이란
바람의 축을 깎고 다듬는 일이다
가느다란 줄기에서 나오는 바람
조밀한 틈 사이에서 부푸는
꿈의 축성

귀촌

귀가 마을을 이루고 있다
멀고 가까운 말들도
촌에서는 하나로 연결된 귀가 된다
귀걸이처럼 찰랑거리는 소문들
귀가 제일 빠른 곳은 촌이다

베트남 며느리와 시어머니의 갈등, 파리 한 마리와 한
나절을 놀았다는 과부댁, 늦가을 풀포기처럼 내려앉는
독거노인의 허리는 씀바귀처럼 쓴맛이다 특용작물로 한
밑천 챙긴 최 씨, 입꼬리에서 수시로 뛰어나오는 과수원
손주들은 믹스커피처럼 달달하다

모처럼 찾아온 약장사가 쌈짓돈을 챙겨 사라지면,
촌에는 보일러 공기구멍에 집을 짓는 새와
부엌이 놀이터인 쥐가 퍼트리는 소문이 있다

반상회가 끝난 자정 무렵
민화투 점수로 오가는

소문의 끄트머리 텅 빈 까치집으로 들어간다
폐가는 집 비운 소문으로 흉흉하고
논두렁 길이만큼 늘어난 소문에
어쩌다 주춤했던 귀들도
오일장 다녀온 뒤로 다시 무성해지는
이발관 그림 같은 풍경에 뛰어든 사람들

밤이 빨리 찾아오는 촌 풍경에
바쁜 귀가 더 바빠진다

스노클링 파이프

일생이 스노클링만큼 짧아질 때가 있다
유희의 숨
그 숨을 한 모금 물고
들어가면 온갖 바닷속 풍경을 볼 수 있는
몇 모금의 긴 통로

숨통은 절명 앞의 비경이었을까
문득 지난여름이 아득한데
저기 저곳
사역의 바다에서 파이프를 물고
서너 명의 남자가 모락모락 피어오르고 있다

한숨을 참을 때마다 쌓였던 숨이 빠져나온다
잿빛 기분이 자욱하게 풀려나간
한 개비의 맑은 호흡

주머니에 손 넣고 움츠리고
잠시 물 밖의 공기를 들이마시고 내뱉듯

연기의 호흡으로 감압하듯, 낄낄거리는 한 무리의 연기

참을 수 있는 호흡의 간격이 어느새
한 개비만큼 짧아졌을까
태우고 타다 보면 한숨의 길이가 짧아진다
불을 들이마시는 화구
흰 춤을 피워 올리는 불의 끝
어느 무쇠라도 녹일 듯 붉다

남자들, 스노클링 파이프를 물고
어느 해안을 떠다니는지 만면에 웃음이 가득하다

하얀 등대섬

저구에서 소매물도로 가는
뱃길을 따라가다 보면
모양대로 지어진 이름들,
긴 뱀처럼 생겼다는 장사도
말의 형상을 지닌 마미도
편하게 누워 있는 소 모양의 어우도

'멀고 먼 바다의 섬' 소매물도로 가는 길에
종이배처럼 떠 있는 섬들은
뿌리 없이 둥둥 떠 있지만
섬마다 하얀 등대를 하나씩 안고 살아간다

섬 이름만큼이나 생업이 소박한
어부의 조상의 조상을 지켜낸 하얀 등대

아들은 촘촘한 그물로 멸치를 잡고
어머니는 빛나는 가을 햇살에 등줄기 푸른 멸치를 말
리고 있다

그물을 깁고 있는 아버지의 등이
오늘따라 더 둥글다

찬 바위를 밟고 시퍼런 바다를 지키는
단 하나의 의지
밤이면 품었던 해를 쏘아 내고
살신성인으로 홀로 서서도
정작 외로운 등대라는 이름만 지닌
멸치 가족을 살리는 빛기둥이다

밥톨의 계산법

마흔 살이 얼추 넘은 순덕 씨
몇 살이냐고 물으면 아이의 나이로 대답하는
손바닥을 활짝 폈다 오므렸다 네 차례하고
하나를 더하는 나이
냉장고 티와 고무줄 바지가
한결같은 옷차림이다

젊은 인부 김 씨가 오면
커다란 밥통 위에 있는 밥공기를 두고
국그릇을 골라 듬뿍 퍼준다
밥풀이 덕지덕지 붙어 있는 그릇의 넘치는 계산

두 사람의 식사와 소주병 하나뿐
더 이상 계산을 못 하는 그녀가
무슨 계산으로 따뜻한 밥을 더 많이 퍼다 주는 것일까
두근두근 손가락이 꼽지 못하는 마음 셈법

제 감정 계산 못 하는, 제 감정만 아는

보채듯 싫고 좋은 구별을
밥집 여자들은 어린아이 얼래듯 웃고 만다

비닐 천막을 뚫고 들어온 햇살이
언제 누구에게 배운 표정인 듯
순진한 눈에 들면
얼굴 찡그리는 천진한 불치병
늘 싱글거리며 사는 그녀,
세상을 가장 잘 살아가고 있다

두 발에 날개가 돋았다

공중에 발을 딛고
낭창대는 길을 겅중겅중 걷는 사내
외줄을 감싸 안은 발가락이 오므라든다
공중으로 몸을 튕겨 올리면
바들바들 떨며 가는 공포
그때마다 두 발에 날개가 돋았다

낮은 줄부터 시작한 서툰 걸음
발밑 풍경이 낮아 보일 때
줄을 박차고 오르면 박수갈채가 쏟아졌다

발밑을 확인하는 것은
추락을 돌려세우는 일
허공에 몸을 세운다는 것이
얼마나 짜릿한 일인지

금 간 마음을 이어가듯
가만가만 밟아 나가는 허공의 박음질

외길이지만 장단이 있어
두 팔을 펼쳐 중심 잡는 새가 되기도 한다

좌르륵 쥘부채가 펴지며
기울어진 무게를 끌어올리면
울렁거리던 길은 멀미를 멈춘다

간당간당해도 받아줄 끝이 있어
신명 난 걸음

양 끝에 묶인 밧줄이 외줄 하나 팽팽히 받들고 있다

흙탕물이 가라앉는 시간

흙탕물 싸움이라는 말
그것은 흙탕물을 모르는 말이다

반나절만의 평화
흙대로 물은 물대로
엉킨 몸을 분리하고 있다
가라앉은 배후는 서로를 비추는 물거울이 된다

이처럼 아름다운 휴전이 어디 있는가

무논에 벼를 꽂을 때
못줄 대기가 반듯하게 줄을 그었듯이
흙탕물은 푹푹 빠진 어지러운 발목을 골라내고
가지런히 벼들만 품어 안았다

몸살을 앓는 흙탕물이 차분해지도록
기다려 주는 일은 화해의 지름길
어느 끝에서 마구 휘젓고 싶었던

오해를 첨벙거리다 보면
막막함이 눈앞에서부터 가라앉고
흙물을 먹고 창창하게 뻗어 나간다

불신의 경계를 허물고
이과수 절벽을 내리치는 물소리같이
또다시 어느 끝에서 갈리겠지만
때가 되면 맑은 물을 만들고
순환의 경사로 흘러간다

푸른 꽃

빛살이 발길을 끊은 곳,
눈높이 창밖에 빗살이 구르고
어느 곳으로 가려는 포복일까
지나온 곳마다 낮은 꽃이 핀다

지난가을부터 한겨울 지나고
봄부터 여름까지 가죽 구두는 고요했다

몇 켤레의 지명들이
가지런히 점령해 있는 동안
여름이 왔고 곳곳에 꽃이 피듯이
발목에 푸른 힘줄이 섰다
섭씨 30도의 지명들이
구두 속에서 번지고 있다

습관적으로 습한 곳만 더듬거리는 손
때로는 온기가 탐이 나는지
손때 묻은 곳에 먼저 똬리를 튼다

소문처럼 빠르게 주변을 떠도는 쉬파리 한 마리
축축한 날개를 턴다

젖은 향기로 단칸방이 철렁거리는 저녁
길도 없는 곳을 다녀온 푸른 발자국
꽃의 군락지였을까
한여름 개화기였을까

거푸집의 윤회

오래된 연식
고집스레 달리던 발을 멈추고
압연 강철처럼 굳었다

망치로 때려도 불꽃만 일 것 같던
부러지지 않던 시절이
쇳물 부어지듯 관 속으로 들고
땡땡 두드려야 휘어지던 고집이
다시 붉게 녹는다

싸늘한 기성품,
모든 마지막은 왜 정해진 틀에 담길까

본래의 것 다 버리고
거푸집에 한 바가지 쇳물을 붓듯
관에 딱 맞는 그는
불꽃도 없이 완성품이다

날카롭게 법을 세우고
밥상을 걷어찼던 모난 성질로
육중한 고집의 문이 되기도 했었지만
이제 녹을 몸이 되어
거푸집 안에 딱 들어맞는 주물
여섯 명이 들어도 무거운 저 망자
수의를 입고 죽음에 소환되었다

그가 녹는 것이 아니라
시간으로 뭉쳐
주물로 흐르던 시간이 녹은 것이다

결국 열린 제 문을 닫기 위해
다시 한번 불꽃 속으로 들어간다

빛 요리사

사진관 유리 미닫이문을 열고 들어서면
하이포액*에서 막 건져낸 사람들이
빨랫줄에 거꾸로 매달려
흰 이를 드러내며 웃고 있었다

낡은 어깨띠에 하루치의 웃음을 담아오는 날이면
사진 속 봄날처럼 환해지던 아버지
능숙하게 빛을 요리하셨다

촉수 낮은 붉은 전구 아래
하늘과 꽃동산과 출렁이는 바다가 떠오르고
필름의 마디마디에 박힌 얼굴들은 자르르 윤기가 났다

수동식 카메라 테두리가 희끗희끗 닳아갈수록
   줄에서 풀린 사람들이 빠른 걸음으로 흰 봉투 속으로
들어갔다

빛보다 더 빠른 손놀림으로 건져내던 그 많은 풍경

셔터의 속도와 인화액과 정지액에서
건져내는 속도가
선명하고 부드러운 세상을 결정지었다

예리한 손끝에서 조작되는 조리개로
누구라도 폼나게 하셨던 아버지

정작 자신의 어둠을 인화하지 못했다
가슴판 크기의 필름에 찍힌
얼룩진 흉터는
거의 흑색이었다

* 사진을 인화하는 과정 중 정지액으로 사용하는 약물.

하늘에 핀 붉은 해바라기

푸른 새벽을 깨우던
아름다운 날갯짓 소리
목소리를 잃은 너는
공중을 잃고 어딘가로 날아가고 없다

빈 자리에 피어난 방사형의 꽃
그날의 구름은 뜨겁고 빛의 파장은 짧았다
푸른 눈동자로 가득 차오른 얼굴
눈물로 가린 시야는 방향을 잃었다

달리고 달렸지만 끝내 벼랑 끝
굉음과 함께 사라진 꿈들이
하늘을 붉게 물들인다

푸르고 노란 색은 지워지고
후생에 기억될 붉은빛 획을 긋는다
독한 욕심의 흔적을 남긴다

색을 잃는다는 것
신이 주신 색을 되찾는다는 것
눈 속의 실핏줄 사라지듯
저 불기둥 사라지면 꿈이었다 할까

하늘에 불꽃이 사라지는 날
폐허는 아무렇지도 않은 듯
또다시 노란 꽃을 피우겠지

가을의 각도

산수책 한 번 손에 쥔 적 없는 어머니는
숫자나 도형의 각도는 모르지만
가을의 각도는 달달 외운다
뒤로 젖힌 목 15도와
125도로 굽혀야 하는 허리
따거나 찾을 수 있는 각도에 익숙하다

벌어진 각도를 벗어난 작은 산밤을
금세 한 움큼 찾아낸다
알밤 두세 개 주워 들고 좋아하던
유년의 나만큼 작아진 어머니
동그랗게 키를 말고
푸른빛 설가신 질경이 잎 사이사이를 더듬고 있다

도둑풀 사이에서도 하나
개미취 나물 사이에서도 하나,
가을보다 먼저 노랗게 변해버린
이름 모를 풀숲을

빼놓지 않고 곁을 트며 가신다

벌써, 밤묵 내놓으실 생각에 이마의 주름이 출렁댄다

자식들 얼래던 오래된 기울기와
무량대수로 쏟았던 모정의 숫자에
앞산이 벌겋게 타오르고
어머니는 지금 작아진 엉덩이로
파랗게 질린 하늘을 떠받치고 있다

배꼽시계

뜬금없이 시간이 나타났다
사람 주위를 맴도는 비둘기처럼 수시로 날아든다
바쁜 것이야말로 가장 중후한 시간
주기로 시간을 절식한다

그 대식가는 흥망성쇠를 삼키고도
아무렇지도 않은 듯 느리거나 빠르다

최초의 배꼽시계, 그노몬
기원전 4000년 바빌로니아인들의 배가 지나온 하루
세 번의 시간
얼마나 오래된 시간인가

배꼽에 귀를 대면
그르렁거리며 짐승 소리를 낸다
뭉쳐 있던 시간이 풀리는 소리

타이머 안에서 익어가는 빵

끓고 있는 밥솥
그릇 부딪히는 시간
식탁만큼 맛있는 시계가 또 있을까

하루 세 번의 알람
어떤 세계에서도 멈추지 않는 시계

아름다운 마침표

마당귀 돌 틈 사이
바짝 엎드려 피었던 채송화
셀 수 없이 많은
마침표가 여물고 있다

냉정한 말끝마다
콕콕 찍히던 까만 마침표
미완의 온도로 여물지 못한 들판과 공터들
이월된 계절에 누워
까무룩 잠에 든 끝점
계절은 얼마나 끝맺지 못한 문장들인가

미리 찍어두었던 반환점
돌다가 멈추면 거기까지가 생인 오르골처럼
풀어진 태엽을 다시 감으면
순하디순한 그 꽃을
다시 피울 수 있을까

바람이 끌어가 버린 향기
까슬까슬한 가을을 담은 씨주머니에
까맣게 가득 찬 잘 여문 씨앗
빈 마당에 찍어 놓은
끝내 기억이 아름다운 마침표들

시를 쓰는 즐거움을 아는 시인

황인숙(시인)

　"소 잔등에 부르르/바람이 올라타고 있다/곱슬거리는 바람을 쫓는 꼬리는/등뼈를 타고 나간 장식/억센 풀은 뼐이 되고/오래 되새김질한 무료는 꼬리 끝에서 춤춘다//스프링을 닮은 잔등 속 간지러움은/온갖 풀 끝을 탐식한 벌/한 마리 꽃의 몸속에 피는 봄/연한 풀잎이 키운 한 마리 소는/쌓아 놓은 풀 더미 같고/잔등은 가혹한 수레의 우두머리 같다//논두렁 길 따라 비스듬히 누운/온돌방 같은 소 한 마리/눈 안에 풀밭과/코뚜레 꿴 굴레의 말[言]을 숨기고/쫓아도 달라붙는 등에를 외면하는/저 순응의 천성/가지런한 빗줄기가 껌벅 껌벅거린다//융단처럼 펼쳐놓은/노을빛 잔등이 봄빛으로 밝다/주인 닮은 뼐처럼 몸 기우는 날은/금방 쏟아질 것 같은 잔등의 딱지가/철썩철썩 박자를 맞추고/저 불그스름한 노을은/유순한 소의 엉덩짝을

산처럼 넘는다"(「잔등노을」 전문)

짧지 않은 시를 천천히 옮기면서, 그리고 다 옮긴 뒤 한 줄 한 줄 읽으면서, 시 읽기의 즐거움을 만끽했다. 다시 읽어봐도 좋구나! 내가 정연희의 「잔등노을」을 처음 본 것은 2017년 《농민신문》 신춘문예 응모작으로서였다. 발군이었다. 알고 보니 그는 늦은 나이에 등단하는 것이었다. 그러니만치 습작 세월이 꽤 길 터였다. 그런 경우, 시가 나무랄 데 없지만 어쩐지 서글프게 농익어 있기 쉬운데, 「잔등노을」은 풋풋했다.

「잔등노을」에서 시인은 포착한 대상을 섬세한 터치로 정밀하게 묘사하는데, 건조할 정도로 감정이 들어가 있지 않다. 그럼에도, 아니, 그래서 시인이 그려내는 소의 훈김이 고스란히 전해진다. 아마 시인은 이 시를 쓰면서 몰아 지경으로 시의 풍경 속에 녹아들어가 있었을 테다. 그것이 시 쓰기의 즐거움일 테다.

그런데, '논두렁 길 따라 비스듬히 누운/온돌방 같은 소 한 마리'를 우리 농촌에서 지금도 볼 수 있을까. 이 시가 나온 시절보다 더 드물게 볼 테다. 어떤 글에서 카뮈가 말하기를, "우리의 삶은 하나의 풍경으로 정리되고 기록된다"고. 농부의 일꾼으로서 쓸모가 없어졌으니 이제 소는 도축용으로 공장 같은 축사에나 있지, 들판이나 산비탈에는 있지 않을 테다. 정연희의 사라져 가는, 영영 사라질, 소가 있는 전원이 그려진 「잔등노을」은 시인 개인의 삶뿐

아니라 인류학의 기록도 될 풍경이다.

시집 원고에서 '새'라는 단어가 드물지 않게 눈에 띄는데, 시 「채널 유목민」에도 "새들이 사라진 하늘/접힌 날개를 털자 후드득/가보지 못한 하늘이 소파에 떨어진다"는 구절이 있다. 그다음 구절이 "설산과 바다와 바람과/저지르지도 내려놓지도 못한 것들/바쁘게 채널을 사냥하며/얼마나 많은 시공간을 헤매고 다녔던가"이다. 시인이 즐겨 보는 프로는 〈내셔널 지오그래픽〉이나 〈디스커버리〉 같은 자연다큐인 듯하다. '설산과 바다와 바람!' 시인이 이토록 외로울 정도의 자유를 목말라하는 건 너무도 오래도록 집과 직장에 붙박여 살아온 권태와 갑갑함에 연유하겠지만, 그에게 친화적이었던 자연이 아득히 멀어져서이기도 한 것 같다.

"땅이 발목을 잡는다/물고 늘어진 얼음 구덩이와/빠져나가려는 바퀴 하나 헛돌고 있다//엔진은 헛바퀴를 굴릴 때 가장 달아오른다/제자리에서/뒷걸음질 치지 않겠다며/바퀴는 허방 속을 파고든다//맹렬하고 거칠게 파헤쳐지는 한겨울 오후/뒤쪽으로만 튀는 오점들이/흰 눈 위에 거뭇하게 묻어난다/가장 미끄러운 곳을 지나가려 했다니/무늬를 잃어버린 타이어가/더 이상 달릴 수 없다는 듯/땅을 파고들고 있다//저 헛바퀴로 달린 거리는 얼마나 될까/가끔 제자리에서도 맹렬하게/움푹한 시간을 달려왔다//달리던 아침이 허방 속으로 들어차고/웅덩이에 눈이 내린다/태양도 달과 맞물려 돌아가는데/비빌 곳 없는 것들은 헛도는 일이 잦아/움푹 팬 내력뿐이다//질퍽해진 검은 오점이/누군가를 향해 맹렬하게 튀어 나간다"(「헛도는 속도」 전문)

차바퀴가 얼음 진창에 빠져서 벗어나려고 쩔쩔매며 버둥거리는 진경이 생생히 중계되고 있는 시다. 화자는 현재 처한 상황에서 자기 삶을 겹쳐 느낀다. "비빌 곳 없는 것들은 헛도는 일이 잦아". 각자도생해야 하는 시절. 대개 서민들은 손 뻗을 인맥 하나 있으면 얼마나 좋을까 싶게 간절할 때가 있을 테다. 화자도 생활 문제로 그 처지일 수 있지만, 내게는 시 세계로부터의 소외감이 느껴졌다. 그러고 나니 시 전체가 슬럼프에 빠진 시인의 서사로 읽혔다. 등단만 하면 시인 세계에서 살게 되는 줄 알았는데, 아무 변화 없는 일상이다. 시를 청탁하는 데도 없고, 함께 시를 논할 동지가 생기지도 않는다. 오래도록 피드백 없는 무명 시인의 맥 빠짐과 정처 없는 원망과 외로움과 자괴감과 자기 의심. 그에 기인하는 바가 클 슬럼프. 그런데 슬럼프에 빠졌다면서 슬럼프를 이렇게 시로 잘 빚어낼 수 있는 거야? 정연희 시인은 자기 재능을 믿어도 좋겠다. 혼자서도 잘해오고 있잖아요?

"동대문 포목 상가/늘 졸음에 빠져 있는 눈두덩이 무거운 짐승/평생 새벽을 열고 원단을 지고 나르던 나귀/알루미늄 지게를 벗어놓고/잠시 쉬고 있다//상가 사이 좁은 샛길을 오가던 작은 체구에/굳은살이 덮인 어깨끈 자국/지게는 한 번도 무릎을 꿇어본 적 없지만/무게를 어깨에 걸 때마다/무릎을 꿇고/한쪽 무릎을 펴고서야 일어난다//대로를 걷는 것보다/좁은 통로를/지그재그로 빠르게 걷는 것이 익숙한/말과 노새 사이에서 태어난 그를/누구는 기형이라 했다//무게를 받들다 굽어가는 등/구름과 꽃과 기하학적 무늬가 둘둘 말린/낙원을 지고 나르는 일/한 번 더 꿇었다 일어서면/다리보다 먼저 펴지던 수천 장 봄날//빈 지게가 더 무거운 나귀는/힘차게 일어나기 위해/또 한 번 무릎을 꿇는다"(「나귀는 일어서기 위해 무릎을 꿇는다」 전문)

"구름과 꽃과 기하학적 무늬가 둘둘 말린/낙원", "다리보다 먼저 펴지던 수천 장 봄날". 지게꾼이 져 나르는 포목을 묘사한 구절이다. 낙원 같고 봄날 같은 무늬들. 필경이 원단들은 누구에게 낙원 같고 봄날 같은 침구나 옷이나 커튼이 될 테지만, 그 무게에 깜빡 혼미하기도 할 지게꾼의 현기증이 느껴진다. 시인이 의도한 것이 그 둘 다 일 테다.

정연희는 매사 잘 보고 깊이 보는 게 체질인 것 같다. 시인한테 이로운 자질인 응시하고 성찰하는 루틴, 거기에 맵시 있게 말을 입히는 재능까지 있으니 무궁무진 쓸 일만 남았다. 얼마나 좋을까. 그러니 비빌 데가 있느니 없느니 기죽어서 기운 빼지 마시고, 쓰시라! 외로우니까 시인이랍니다.

시인수첩 시인선 077

나무가 전하는 바람의 말

ⓒ 정연희, 2023

초판 1쇄 인쇄 2023년 10월 19일
초판 1쇄 발행 2023년 10월 26일

지은이 | 정연희
발행인 | 이인철

펴낸곳 | (주)여우난골
주 소 | 서울특별시 강남구 언주로30길 27, 606호 (도곡동 우성리빙텔)
전 화 | 02-572-9898
팩 스 | 0504-981-9898
등 록 | 2020년 11월 19일 제2020-000328호

블로그 | blog.naver.com/seenote
이메일 | seenote@naver.com

ISBN 979-11-92651-16-3 03810

* 파본은 구매처에서 바꾸어 드립니다.

* 이 시집은 용인특례시, 용인문화재단의 2023년도 문화예술 공모 지원사업을
  지원받아 발간되었습니다.